CATALOGUE
DE LIVRES

ANCIENS ET MODERNES
DE LITTÉRATURE ET D'HISTOIRE

Ouvrages sur la Chasse
la Pêche et l'Équitation

PUBLICATIONS EN COULEURS DE CURMER

DONT LA VENTE AURA LIEU

A L'HOTEL DES COMMISSAIRES-PRISEURS

Rue Drouot

SALLE N° 9

Les 14 et 16 Décembre 1889

A DEUX HEURES

Par le Ministère de M. THOUROUDE, Commissaire-priseur
32, Rue Le Pelletier

PARIS
JULES MARTIN, LIBRAIRE-EXPERT
19, Boulevard Haussmann

IMPRIMERIE

PAIRAULT & Cie

PARIS

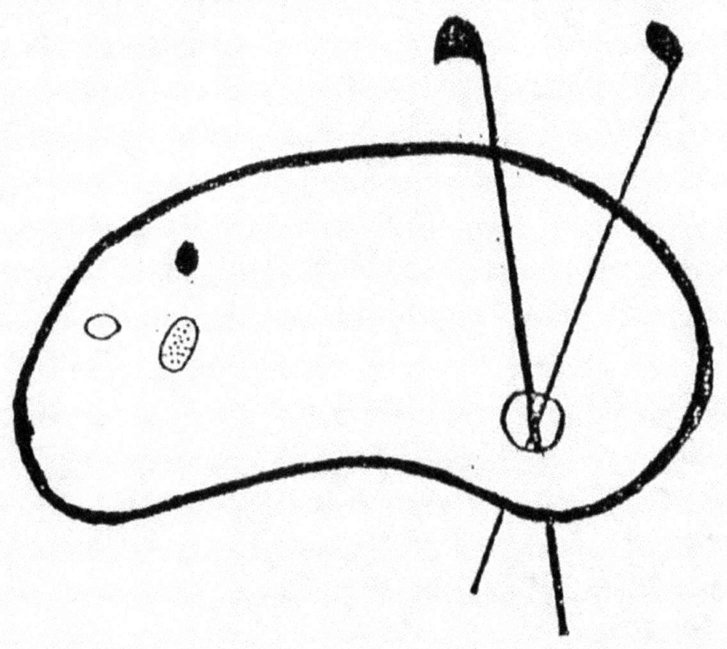

FIN D'UNE SERIE DE DOCUMENTS
EN COULEUR

CATALOGUE
DE LIVRES

ANCIENS ET MODERNES
DE LITTÉRATURE ET D'HISTOIRE

Ouvrages sur la Chasse
la Pêche et l'Équitation

PUBLICATIONS EN COULEURS DE CURMER

DONT LA VENTE AURA LIEU

A L'HOTEL DES COMMISSAIRES-PRISEURS

Rue Drouot

SALLE Nº 9

Les 14 et 16 Décembre 1889

A DEUX HEURES

Par le Ministère de M. THOUROUDE, Commissaire-priseur
32, Rue Le Pelletier

PARIS
JULES MARTIN, LIBRAIRE-EXPERT
19, Boulevard Haussmann

ORDRE DES VACATIONS

Le 14 Décembre, N^{os} { 210 à 304 / 1 à 93

Le 16 Décembre, N^{os} { 305 à 365 / 94 à 209

et Livres en lots.

Exposition Publique, chaque jour de vente, de une heure et demie à deux heures.

CONDITIONS DE LA VENTE

La Vente se fait au comptant.

Les acquéreurs paieront cinq pour cent en sus des enchères.

Les Livres sont garantis complets et en bon état.

Ils devront être collationnés dans les vingt-quatre heures de l'adjudication ; passé ce délai, ils ne seront repris pour aucune cause.

M. J. MARTIN, remplira les commissions des personnes qui ne pouraient assister à la vente.

OUVRAGES SUR LA CHASSE

LA VÉNERIE, LA FAUCONNERIE, LA PÊCHE,
L'ÉQUITATION, ETC.

---

1. **Abrégé** portatif de la Chasse du Cerf, tiré des meilleurs auteurs qui ont traité de cette matière et d'après la méthode pratiquée à la cour du roi de Sardaigne. *Turin, Derossi*, 1782, pet. in-12, broché. Rare.

2. **Adam** (V.). Musée du Chasseur ou Collection de toutes les espèces de gibier de poil ou de plume qu'on chasse au fusil. *Paris, A. Robin*, 1838, 2 parties et 1 suppl. 2 vol. gr. in-8, d. rel. v. rose. Planches coloriées.

3. **Adam**. Museo del Cacciatore o collezione di tutte le specie di Selvaggina di pelo o di piuma che si cacciano coll' archibugio. *Venezia*, 1844, gr. in-8, d. rel. mar. gr. coins. n. rog. 72 planches lithogr.

4. **Allary**. Cailles et perdrix. *Paris, Goin*, in-12, d. rel. mar. coins, n. rog. fig.

5. **Almanach** de la chasse illustrée pour 1887-1888. *Paris. Didot*, gr. in-8, d. rel. mar. v. coins, n. rog. Fig.

6. **Aubry**. Chasses anciennes d'après les manuscrits des XIVe et XVe siècles. *Paris, Mothe*, 1837, in fol. en ff

Couverture et 12 planches lithographiées.

7. **Barbou** (A.). Le Chien, son histoire, ses ex-

ploits, ses aventures. *Paris, Jouvet*, 1883, gr. in-8, d. rel. mar. rouge, coins, n. rog. fig.

8. **Baudrillart**. Traité général des eaux et forêts, chasses et pêches. Dictionnaire des chasses. *Paris, A. Bertrand*, 1844, 1 vol. in-4 de texte et 1 vol. gr. in-4 de planches, d. rel. mar. vert, coins, n. rog.

9. **Beaufort** (Duke of) and Mowbray Morris. Hun ting. *London, Longmans*, 1886, pet. in-8, d. rel. mar. br. coins, n. rog. fig.

10. **Bécasse** (la). Monographie. *Paris, Sandoz*, 1877, gr. in-8, d. rel. mar, coins, n. rog. couv. en couleurs.

11. **Béchade**. La Chasse en Algérie. *Paris, Lévy*, 1860, in-12, d. rel. mar. r. coins, n. rog.

12. **Bellier de Villiers**. Education du chien d'arrêt. *Paris, Goupy*, 1881, in-8, d. rel. mar. Lavall. coins, n. rog.

13. **Benoit-Champy**. Grisolet, histoire de chasse. *Paris, Pairault*, 1886, gr. in-8, d. rel. mar. rou. coins, n. rog.

14. **Berthet** (E.). Le Fauconnier. *Paris, Degorce-Cadot*, in-12, d. rel. mar. bl. coins, n. rog.

15. **Bertrand** (L.). Du faisan, *Paris*, 1851, in-8, d. rel. mar. gr. coins, n. rog. fig.

16. **Bibliotheca** scriptorum venaticorum continens auctores, qui, de Venatione, Sylvis, aucupio piscatura commentati Sunt. Congessit Kreysig. *Altenburgi*, 1750, in-12, mar. Lavall. dent. inter. tr. dor.
   Premier essai de Bibliographie cynégétique.

17. **Bibliothèque** cynégétique d'un amateur (M. Defresnois) avec notes bibliograph. *Paris, F. Didot*, 1884, in-12, d. rel. mar. rouge, coins, n. rog.

18. **Blaze** (E.). Le chasseur au chien d'arrêt. *Paris*. 1837, in-8, d. rel. mar. rouge, coins, n. rog.

19. **Blaze** (Elzéar). Le chasseur au chien courant.

Paris, 1838, 2 vol. in-8, d. rel. mar. gr. coins, n. rog.
Edition originale.

20. **Body**. Une Société cynégétique en Condros au 18e siècle, *Spa*. 1883, in-4, d. rel. mar. vert, coins, n. rog. fig.
Ouvrage édité avec grand luxe sur papier de Hollande, et tiré à 100 exempl. non mis dans le commerce.

21. **Boissieu** (A. de). Poésies d'un passant. *Paris, Lemerre*, 1870, in-12, d. rel. mar. bl. coins, n. rog.

22. **Boulen**. Le droit de chasse et la propriété du gibier en France. *Paris*, 1887, in-8, d. rel. mar. gr. coins n. rog.

23. **Brus** (de). Les chasses aux braconniers. *Paris, Dentu*, 1885, in-12, d. rel. mar. gr. coins, n. rog. fig.

24. **Buc'hoz**. Méthodes sûres et faciles pour détruire les animaux nuisibles, tels que loups, renards, loutres, fouines, belettes, loirs, etc. *Paris, La Porte*, 1782, in-12, mar. rouge, fil. tr. dor.

25. **Budé**. Traité de la vénerie, publié par H. Chevreul. *Paris, Aubry*, 1861, pet. in-8, d. rel. mar. gr. coins, n. rog.

26. **Caninéide** (la), ou Turc ou Miton, poëme. *A Caninéis, Paris*, 1808, in-18, fig. d. rel. mar. vert, coins, n. rog.

27. **Capendu** (E.). Le chasseur de panthères. *Paris*, 1879, in-12, d. rel. mar. Lavall. coins. n. rog.

28. **C.-J**. La Chasse. Recueil de procédés et recettes utiles au chasseur et à l'éleveur. *Paris, Pairault*, 1885, in-8, fig. d. rel. mar. br. coins, n. rog.

29. **Carcano** (Fr.). Tre libri de gli uccelli da rapina. Ne quali si contiene la vera cognitione dell' arte de Stroccieri, e il modo di conoscere, ammaestrare, reggere e medicare tutti gli Augelli rapaci. *Vinegia, Giolito di Ferrari*, 1568, pet. in-8, mar. bleu, tr. dor.

30. **Carnet** de chasse illustré. *Paris*, 1861, in-12, dem. rel. mar. rouge, coins, n. rog. fig.

31. **Carteron**. Premières chasses. Papillon et oiseaux. *Paris, Hetzel*, 1866, in-12, chag. vert, fig. tr. dor.

32. **Castellamonte** (Am. di). La Venaria reale, palazzo di piacere, e diCaccia, ideato dall'Altezza Reale di Carlo Emmanuel II, duca di Savoia, *In Torino, per B. Zapatta*, 1674, in-4, mar. bleu, fil. doublé de mar. lavall. dent. tr. dor. étui. 65 planches gravées par Tasnière.

    Bel exemplaire.

33. **Catalogue** des livres sur la chasse, vénerie, ls Fauconnerie, etc., composant la bibliothèque de M. le baron Grandjean d'Alteville. *Paris*, 1862, in-8, d. rel. mar. br. coins n. rog. Papier vergé.

34. **Caumont** Almanach Saint-Hubert. Agenda du Chasseur pour 1888 et 1889, 2 vol. gr. in-8, d. rel. mar. gr. coins n. rog. fig.

35. **Chapus**. Les haltes de chasse. *Paris, Lévy*, in-12, d. rel. mar. bl. coins n. rog.

36. **Charles IX**. La Chasse royale composée par le Roy Charles IX et dédiée au Roy très Chrétien, de France et de Navarre, Louys XIII. Très utile aux curieux et amateurs de chasse. *A Paris, chez Nic. Rousset et Gervais Alliot*, 1625, pet. in-8, mar. bleu, jans. dent. inter. tr. dor. (Thibaron Joly).

    Ouvrage très rare. Exemplaire grand de marges, mais dont le titre a été refait.

37. **Charles IX** La Chasse royale. *Paris, Vve Bouchard-Huzard*, 1857 in-8, chag. vert, fil. tr. dor. fig.

    Exemplaire imprimé sur parchemin.

38. **Charles IX**. La Chasse royale, publiée par H. Chevreul. *Paris, Aubry*, 1858, in-12, mar. bl. n. rog. portr.

    Un des dix exempl. sur papier de Chine.

39. **Charnacé** (Guy de). Les Veneurs ennemis.

Paris, Pairault, 1887, in-12, mar. rouge, n. rog.
fig.

Papier du Japon

39 *bis* **Chassant**. Découverte bibliographique. Le
livre du roy Modus et de la royne Racio. *Paris,
Aubry*, 1870, gr. in-8, d. rel. mar. coins, n. rog.

40 **Chase**. 4 vol. in-18, d. rel. mar.

Code de la Chasse, par Houël, 1825. — Vade mecum du Chasseur, par Lavallée et Bertrand, 1844. — Petit dictionnaire vétéri-
naire, 1885. — Carnet de chasse.

41 **Chasse** (La) et les droits des propriétaires, par
un propriétaire. *Tarbes*, 1879, in-8, d. rel mar.
bl. coins, n. rog.

42. **Chasse** du Mardi Gras (La) dédiée à M. N. F.
N. D. par E. M. *Metz*, s. d., in-8, d. rel. mar.
lavall. coins, n. rog.

43. **Chasse** et préparation des oiseaux. *Meulan*.
s. d., in-8, d. rel. mar. coins, n. rog. fig.

44. **Chasse**. Sujets divers, 16 gravures anciennes
et modernes, par J. Callot, Oudry, D. Vernet,
Huet, Decamps, etc.

45. **Chenu**. Ornithologie du chasseur. *Paris.
Rothschild*, 1870, gr. in-8, d. rel. mar. br. coins,
n. rog. 40 planches en couleurs.

46. **Cherville** (Mis de). L'histoire naturelle en action. *Paris, Firmin-Didot*, gr. in-8, d. rel. mar.
br. coins, n. rog. fig.

47. **Cherville** (G. de). Les quadrupèdes et les oiseaux de chasse. *Paris, Rothschild*, 2 vol. pet.
in-8, d. rel. mar. gr. coins, n. rog., planches en
couleurs.

48. **Chiens courants** (les) Français pour la chasse
du lièvre dans le midi de la France. *Montauban*,
1882, in-8, d. rel. mar. br. coins, n. rog.

49. **Cholmondeley-Pennell**. Fishing. *London,
Longmans*, 1886, 2 vol. pet. in-8, d. rel. mar. br.
coins, n. rog. nomb. fig.

50. **Clamart**. 60 années de chasse. Pratique de la
Chasse. *Paris, Goin*, in-18, d. rel. mar. vert.

51. **Clamorgan** (J. de). La Chasse du Loup, nécessaire à la maison rustique. *Paris, Bouchard-Huzard*, 1866, in-8, fig. en feuille.
  Un des six exemplaires sur peau de vélin.

52. **Clamorgan**. (J. de). La chasse du loup, nécessaire à la maison rustique, avec notes par E. Jullien, *Paris, Jouaust*, 1881, in-12, mar. br. n. rog.
  Papier de Chine.

53. **Cussac**. Aviceptologie française. *Paris*, 1821, in-18, d. rel. mar. br. coins, n. rog. fig.

54. **Daumas** (le g^al). La vie arabe et la Société musulmane. *Paris, Lévy*, 1869, in-8, d, rel. mar. br. coins, n. rog.

55 **Dax** (v^te L. de). Souvenirs de mes chasses et pêches dans le midi de la France. *Paris, Castel*, 1858, in-12, d. rel. mar. r. coins, n. rog.
  Lettre autographe de l'auteur.

56. **Deffaux**. Guide-manuel du garde-champêtre et du Messier, avec un commentaire du Code de la chasse et de la pêche. *Paris, Delarue*. in-12, d. rel. mar. br. coins, n. rog.

57. **Dequin**. Le Laverack-Setter. *Vincennes*, 1887, in-8, d. rel. mar. br. coins, n. rog. fig.

58. **Desgraviers**. Essais de vénerie, ou l'art du valet de limier, suivi d'un traité sur les maladies des chiens : d'un vocabulaire pour l'intelligence des termes de chasse et de vénerie. *Paris*, 1810, in-8, d. rel. mar. n. rog.

59. **Desgraviers**. L'art du valet de limier. *Paris*, 1784, in-12, d. rel. mar. rouge, coins. (Incomplet du titre et de 3 ff. de table).

60. **Desportes**. Suite de 12 gravures par Lebas, représentant des chiens de chasse, in-8.

61. **Deyeux**. La Chassomanie, poème, ornée de 16 grands dessins à deux teintes, composition de MM. A. de Dreux, Beaume, Forest, Foussereau et Valério. *Paris*, 1844, in-8, d.-rel. mar. lavall. coins, n. rog. couv. impr.
  Exemplaire bien complet des planches.

62. **Deyeux.** Le Vieux Chasseur, édition Keepsake, *Paris, Houdaille,* gr. in-8, d.-rel. mar. gr. coins n. rog., 55 planches lithographiées.
    Edition rare.

63. **Deyeux.** Le Vieux Chasseur ou la Chasse en action. *Paris,* 1837, in-18, d.-rel. mar. vert, coins n. rog., 55 fig.

64. **Deyeux.** Le Vieux Chasseur. *Paris, Plon,* s. date, in-18, d.-rel., mar. rouge, coins, n. rog., fig.

65. **Diguet.** Guide du Chasseur. *Paris, Marpon,* s. d., in-12, papier vergé, d.-rel. mar. rouge, coins, n. rog., fig.

66. **Diguet.** La Chasse au marais, 1889. — Mémoires d'un chasseur de renards, par de Vaubicourt, 1863, ens. 2 vol. in-12, rel. et br.

67. **Diguet.** La vision de saint Hubert. *Paris, Pairault,* 1884, in-12, d.-rel. mar. br., coins, n. rog., envoi d'auteur.

68. **Diguet.** Mémoires d'un fusil. *Paris, Dentu,* 1883, in-12, d.-rel. mar. br., coins, n. rog.

69. **Diguet.** Mémoires d'un lièvre. *Paris, Frinzine,* 1886, in-4 cart., tr. dor., fig.

70. **Diguet.** Tablettes d'un chasseur. *Paris,* 1868, in-12, d.-rel. mar. gr., coins, n. rog.

71. **Dommanget.** Code du garde particulier des bois et forêts et du garde-pêche. *Paris,* 1887, pet. in-12, d.-rel. mar., coins, n. rog.

72. **Doncaud du Plan.** Album du chasseur. *Paris, Le Fuel,* 1823. in-18, fig., d.-rel. mar. bl., coins, n. rog.

73. **Doussard.** Manuel du naturaliste préparateur. *Yvetot,* 1884, in-8, d.-rel. mar. br., coins, n. rog., fig. coloriées.

74. **Du Chaillu.** L'Afrique sauvage. *Paris, Lévy,* 1868, gr. in-8, d.-rel. mar. vert, coins, n. rog., fig.

75. **Du Chaillu.** Nouvelles aventures de chasse et

de voyage dans l'Afrique occidentale. *Paris,
Lévy*, 1875, gr. in-8, d.-rel. mar. vert, coins,
n. rog., fig.

76. **Du Chaillu**. Voyage et aventures dans l'Afrique équatoriale. *Paris, Lévy*, 1863, gr. in-8, d.-rel. mar. vert, coins, n. rog., fig.

77. **Dunoyer de Noirmont**. Histoire de la chasse en France jusqu'à la Révolution. *Paris, Bouchard-Huzard*, 1867, 3 vol. in-8, d.-rel. mar. gr., coins, n. rog.

78. **Duparc**. Etude sur diverses questions concernant la chasse et la conservation du gibier. *Annecy*, 1877, in-8, d.-rel. mar. violet, coins, n. rog.

79. **Dupaty de Clam**. La science et l'art de l'équitation, démontrés d'après la nature, ou théorie et pratique de l'équitation, fondées sur l'anatomie, la mécanique, la géométrie et la physique. *Paris, Didot*, 1776, in-4 mar. olive, fil. dent. tr. dor.

Superbe exemplaire lavé et encollé. Toutes les figures sont très belles et en brillantes épreuves.

80. **Du Sable** (G.). La muse chasseresse, notice par P. Lacroix. *Paris, Jouaust*, 1884, in-12, br. n. rog.

Papier de Chine.

81. **Duvergier**. Code de la chasse. *Paris*, 1844, in-8, d.-rel. mar. vert, coins, n. rog.

82. **Emsworth**. Le cheval et le chien. *Bruxelles*, s. d., in-8, d.-rel. mar. br., coins, n. rog., fig.

83. **Engelhard**. La chasse dans la vallée du Rhin. *Strasbourg*, 1864, in-18, mar. rouge, n. rog.

Un des cinq exemplaires sur papier de Chine.

84. **Espinar** (Martinez de). Arte de Ballesteria, y Monteria, escrita con methodo para escusar la fatiga, que ocasiona la ignorancia. *Madrid, Ant. Marin*, 1761, in-4 mar. bleu, jans., doublé de mar. rouge, dent. dor. étui, figures.

Troisième édition de cet ouvrage rare. Bel exemplaire.

85. **Faure**. Le tir pratique et les armes de chasse.

Paris, Pairault, in-18, d.-rel. mar. lavall. coins, n. rog.

86. **Floyd**. Observations sur le dressage du chien d'arrêt. *Bruxelles*, 1887, in-8, d.-rel. mar. br., coins, n. rog.

87. **Foudras** (Mis de). Madame Hallali. *Paris, Cadot*, in-12, cart., n. rog.

88. **Foudras** (Mis de). Le père La Trompette. *Paris, Cadot,* in-12, d.-rel. mar. gr., n. rog.

89. **Franchières**. La Fauconnerie de Jean de Franchières, grand prieur d'Aquitaine, recueillie des livres de M. Martino, Malopin, Michelin et Amé Cassian, avec une autre fauconnerie de Guillaume Tardif, du Puy-en-Velay, plus la vollerie de messire Artelouche d'Alagona, seigneur de Maraveques. D'Avantage, un recueil de tous les oiseaux de proye, servant à la fauconnerie et vollerie. *A Poitiers, par Enguilbert de Marnef et les Bouchets frères,* 1567, 4 parties en 1 vol. in-4 mar. rouge, jans, dent. inter. tr. dor. (*Masson-Debonnelle*).

Bel exemplaire provenant de la bibliothèque d'Ambr.-Firmin Didot

90. **François** (René), prédicateur du Roy. Essay des merveilles de nature et des plus nobles artifices, pièce très nécessaire à tous ceux qui font profession d'éloquence (par Etienne Binet). *Rouen, Jean Osmont,* 1626, in-4 mar. lavall., jans., dent. inter. tr. dor.

Très bel exemplaire. Cet ouvrage contient des chapitres sur la vénerie et la fauconnerie.

91. **Franck-Carré**. Code de la police de la chasse. *Paris*, 1884, in-8, d. rel. mar, lavall. coins, n. rog.

92. **Franklin**. La vie des animaux. Histoire naturelle, biographique et anecdotique des animaux. *Paris, Hetzel*, 6 vol. in-12, d. rel. mar. rouge, coins, n. rog. Collection complète.

93. **Gauchet** (Cl.). Le plaisir des champs, divisé en quatre livres selon les quatre saisons de l'année. Revu, corrigé et augmeté d'un devis

entre le chasseur et le citadin, par lequel on cognoist tout ce qui appartient tant au mesnage du gentilhomme champestre que du paisant, avec l'instruction de la vénerie et pescherie... *Paris, Abel L'Angelier*, 1604, in-4, mar. bleu, fil. doublé de mar. citron, dent, tr. dor. étui.

Deuxième édition, revue par l'auteur, non moins rare que la première. Exemplaire un peu court de marges.

94. **Gauckler**. Les poissons d'eau douce et la pisciculture. *Paris, Germer-Baillière*, 1881, in-8, d. rel. mar. br. coins, n. rog. fig.

95. **Gayot**. Les petits quadrupèdes de la maison et des champs. *Paris, Didot*, 1871, 2 vol. in-8, d. rel. mar. br. coins, n. rog. fig.

96. **Gazette des Chasseurs**. Revue illustrée de la vénerie et des sports. Première année, 2 vol. gr. in-8, dem. rel. mar. rouge, coins, n. rog.

Exemplaire unique fait par M. Pairault, alors directeur de la *Gazette des Chasseurs*, et dans lequel il a ajouté le dessin original du front., 491 tirages à part des gravures (fumées, épreuves d'artistes) sur papier du Japon ou papier de Chine, 43 lettres autographes de tous les principaux collaborateurs du journal, 22 pièces diverses ; un exemplaire du numéro spécimen tiré sur papier de Chine. En tout 568 pièces ajoutées.

97. **Gérard** (J.). La chasse au lion. *Paris*, 1855, in-18, d. rel. mar. ol. coins, n. rog. fig. de G. Doré.

98. **Gislain**. Des conflits entre chasseurs, fermiers, et propriétaires. *Namur*, 1865, in-12, d. rel. mar. bl. coins, n. rog.

99. **Gourdon de Genouillac**. L'église et la chasse. *Paris, Jouaust*, 1886, in-12, mar. lavall. n. rog.

Papier de Chine.

100. **Greener**. Le fusil et ses perfectionnements, avec notes de chasse. Trad. française, par G. Bonjour. *Londres*, 1881. gr. in-8, d. rel. mar. vert, coins, n. rog. fig.

101. **Gruau** (L.). Nouvelle invention de chasse pour prendre et oster les loups de la France, comme les tables le démonstrent avec trois dis-

cours aux pastoureaux françois, par M. Louys
Gruau, prestre-curé de Sauge, diocèse du Mans.
Paris, Chevalier, 1613, pet. in-8, parch. planch.
Très rare.

102. Gauchet (C.). Le plaisir des champs avec la
vénerie, volerie et pescherie, publié par Blan-
chemain. *Paris, Franck*, 1869, pet. in-12, mar.
lavall. n. rog.
Papier de Chine.

103. **Habert**. La chasse du loup, poëme. *Paris,
Bouchard-Huzard*, 1866, pet. in-4, en feuilles.
Exemplaire sur peau de vélin.

104. **Habert**. La chasse du loup, poëme. Nouvelle
édition conforme à celle de 1624. *Paris, Bouchard-Huzard*, 1866, pet. in-4, d. rel. mar. br.
coins, n. rog.

105. **Hawker**. Instructions to young sportsman in
all that relates to guns and Shooting. *London*,
1826, in-8, d. rel. mar. br. coins. fig.

106. **Houdetot** (A. d'). Braconnage et contre-bra-
connage. *Paris, Charpentier*, 1858. in-12, d. rel.
mar. noir, coins, n. rog. fig. d'H. Vernet.
Première édition.

107. **Houdetot** (A. d'). Braconnage et contre-bra-
connage. *Paris*, 1858, in-8, fig. d. rel. mar. br.
coins, n. rog.

108. **Houdetot** (A. d'). Chasses exceptionnelles. J.
Gérard, A. Delegorgue, E. Blaze. *Paris*, 1850,
in-8, d. rel. mar. bl. coins, fig.

109. **Houdetot** (A. d'). Dix épines pour une fleur,
petites pensées d'un chasseur à l'affût. *Paris*,
1858, in-12, d. rel. mar vert.

110. **Houdetot** (A. d'). Galerie des chasseurs illustres. *Paris, Charpentier*, 1861, in-12, d. rel. mar.
bl. coins, n. rog. fig.

111. **Houdetot** (A. d'). Le chasseur rustique. *Paris*, 1852, in-8, d. rel. mar. br. coins. fig.
Lettre autographe de l'auteur.

112. **Houdetot** (A. d'). La petite vénerie ou la

chasse au chien courant. *Paris*, 1855, in-8, fig.
d. rel. mar. lavall. coins, n. rog.

Première édition.

113. **Houdetot** (A. d'). Les femmes chasseresses.
Paris, 1859, in-12, d. rel. mar. br. coins, n. rog.
fig.

Lettre autographe de l'auteur ajoutée.

114. **Houdetot** (A. d'). Le tir au fusil de chasse.
Paris, 1865, in-12, d. rel. mar. vert, coins.

115. **Jacquinot**. Propriétaire et fermier devant la
chasse et la pêche, *Paris*, 1880, in-12, d. rel. mar.
gr. coins, n. rog·

116. **Jacquinot**. Sociétés de chasseurs pour la ré-
pression du braconnage. *Paris*, 1885, in-8, dem.
rel. mar. br. coins, n. rog,

117. **Jodelle** (Est.). Ode de la chasse. *Paris*, *Lemerre*, 1872, in-8, d. rel. mar. gr. coins, n. rog.

118. **Journal des Chasseurs**. Revue cynégétique,
publiée par L. Bertrand et Ch. Godde, avec la
collaboration des chasseurs à courre et à tir.
Paris, octobre 1836 à août 1870, 49 vol, in-8, et
gr. in-8, d. rel. chag. rouge, coins, n. rog.
nombr. figures.

Collection bien complète.

119. **Jullemier**. Traité des locations de chasse.
Paris, *Didot*, in-18, d. rel. v.

120. **Kennel Club**. Stud book; a record of dog
shews and field trials. Edited and compiled by
Frank Pearce. *London*, 1874-1880, 12 vol, in-12,
d. rel. mar. bl. coins, n. rog.

121. **Labruyerre**. Les ruses du braconage mises à
découvert, ou mémoires et instructions sur la
chasse et le braconage. *Paris*, *Lottin*, 1771,
in-12, fig., mar. citron. fil. dos orné, doublé de
maroq. bleu, dent. tr. dor., dans un étui.

Bel exemplaire de l'édition originale, très rare.

122. **La Ferrière** (le Cte H. de). Les grandes chasses
au XVIe siècle. *Paris*, *Jouaust*, 1884, in-12 mar.
br., n. rog.

Papier de Chine.

123. **Lage de Chaillou**. A. de La Rue et le Mis de Cherville. Encyclopédie des chasses, nouveau traité des chasses à courre et à tir. *Paris, Goin*, 2 vol. in-8, mar. vert, n. rog.

   Papier de Hollande.

124. **La Neuville** (Vte de). La chasse au chien d'arrêt. *Paris*, 1880, in-12, d.-rel. mar. vert, coins, n. rog.

125. **La Roulière** (L. de). Traité de la chasse du lièvre à courre en Poitou. *Paris, Pairault*, 1888, in-4, br.

   Exemplaire sur papier du Japon, avec les vignettes coloriées.

126. **La Rue** (A. de). Le lapin. *Paris, Delagrave*, 1873, in-12, d.-rel. mar. vert, coins, n. rog.

127. **Launay** (F. de). Traité du droit de chasse. *Paris, G. Quinet*, 1681, pet. in-12, mar. bl., fil. tr. dor.

128. **La Vallée**. La chasse à courre en France. *Paris, Hachette*, 1856, in-12, d.-rel. mar. br., coins, fig.

129. **La Vallée** (O.). La chasse à courre en France. *Paris, Hachette*, 1859, in-12, d.-rel. mar. gr., coins, n. rog.

130. **La Vallée**. La chasse à tir en France. *Paris, Hachette*, 1854, in-12, d.-rel. mar. bl., coins, n. rog.

131. **La Vallée** (J.). Zurga le chasseur. *Paris, Hachette*, 1860, in-12, d.-rel. mar. bl., coins, n. rog.

132. **Leblond**. Code de la chasse et de la louveterie. *Paris*, 1878, 2 vol. in-12, d.-rel. mar. br., coins, n. rog.

133. **Lechartier**. La chasse, ses plaisirs, ses dangers. *Paris, Pairault*, in-8, d.-rel. mar. bl., coins, n. rog., fig.

134. **Le Comte**. Natalis Comitis mythologia. Ejusdem de Venatione. *Francofurti, apud Wechelum*, 1581, in-8, vél.

   Bel exemplaire.

135. **Le Comte**. Natalis Comitis mythologia. Ejus-

dem libri IV de Venatione. *Genevæ, Chouët*, 1653, pet. in-8, mar. rouge, fil., tr. dor., rel. anc.

136. **Le Coutenlx**. De la condition des chevaux de chasse en France. *Paris, Goin*, in-12, d.-rel. mar. gr., coins, n. rog.

137. **Lefeuvre**. Un sportsman anglais. John King. *Paris, Pairault*, 1887, in-12, d.-rel. mar. rouge, coins, n. rog.

138. **Le Masson** (E.). Souvenirs d'un chasseur touriste, suivis d'un essai sur la chasse souterraine du blaireau et du renard. *Avranches*, 1859, in-8, d.-rel. mar. or, coins.

139. **Leneveux** (Mme). Les petits oiseaux artistes. *Paris, Janet*, in-12, d.-rel. mar. lavall., coins, n. rog., fig. coloriées.

140. **Leroy**. Aviculture, faisans, perdrix. *Paris, Didot*, 1885, in-12. d.-rel. mar. lavall., coins, n. rog., fig.

141. **Leroy**. La poule pratique. *Paris, Didot*, 1885, in-12, d.-rel. mar. rouge, coins, n. rog. fig.

142. **Lesenyer**. La héronnière d'Ecury et le héron gris. *Saint-Dizier*, 1876, in-8, d.-rel. mar. rouge, coins, n. rog.

143. **Le Verrier de La Conterie**. L'école de la chasse aux chiens courans, précédée d'une bibliothèque historique et critique des théreuticographes. *Rouen, Lallemant*, 1763, 2 parties en 2 vol. in-8, mar. lavall., dent. inter. tr. dor., planches.

Bel exemplaire de l'édition originale.

144. **Le Verrier de La Conterie**. Vénerie normande ou l'école de la chasse aux chiens courants, pour le lièvre, le chevreuil, le cerf, le daim, le sanglier, le loup, le renard et la loutre, avec les tons de chasse et un traité des remèdes, un traité sur le droit de suite et un dictionnaire des termes de chasse. *Rouen, Dumesnil*, 1778,

in-8, mar. bleu, fil. dent. inter. tr. dor., planches.

Bel exemplaire relié sur brochure.

145. **Le Verrier de La Conterie**. Vénerie normande, ou l'école de la chasse aux chiens courants. *Rouen*, 1778, in-8, bas., planches.

146. **Lisle de Moncel** (De), ancien capitaine de cavalerie, chargé des épreuves relatives à la destruction des loups sur la frontière des Trois-Evêchés. Méthodes et projets pour parvenir à la destruction des loups dans le royaume. *Paris, Imp. Roy.*, 1768, in-12, mar. bl. tr. dor.

147. **Livre des origines**, publié par la Société centrale pour l'amélioration des races de chiens en France, fascic. 1 et 2 cont. les inscriptions de 1 à 400, 2 vol. in-8, d.-rel. mar. br., coins, n. rog.

Tout ce qui a été publié.

148. **Magaud d'Aubusson**. Les gallinacées d'Asie. *Paris*, 1888, in-8, d.-rel. mar. viol., coins, n. rog., fig.

149. **Magné de Marolles**. La chasse au fusil. *Paris, Barrois*, 1788, — supplément, 1791, 2 part. en 1 vol. in-8, bas., fig., 1re édition.

150. **Mangeot**. Traité du fusil de chasse et des armes de précision. *Paris, Tanera*, in-8, d.-rel., mar. vert, coins, n. rog., fig.

151. **Mariot-Didieux**. Le chasseur médecin. *Paris. Lacroix*, in-12, d. rel. mar. vert, coins, n. rog.

152. **Mariot-Didieux**. Guide pratique du chasseur médecin. *Paris, Lacroix*, in-18, d. rel. mar. vert.

153. **Mégnin**. Le chien. Histoire, hygiène, médecine. *Paris, Deyrolle*, 1883. gr. in-8, d. rel. mar. bl. coins, n. rog. fig.

154. **Méry**. La chasse au chastre. *Paris, Lévy*, 1878, in-12, d. rel. mar. laval. coins, n. rog.

155. **Meunier** (V.). Les grandes chasses. *Paris, Ha-*

chette, 1867, in-12, d. rel. mar. vert, coins, n. rog. fig.

156. **Mitelli**. Caccia giocosa, inventioni di G. Mitelli pittore bolognese. *S. l.* 1624, in-fol. cart. 16 planches.

157. **Monthois** (Robert). La noble et furieuse chasse du loup, suivant l'édition imprimée à Ath en 1642. *Paris, Techener*, 1865, in-8, mar. vert, large dentelle, (Belz-Niédrée).

Exemplaire sur peau de vélin.

158. **Muller** (A. et K.). Der Hund seine Jagd. Album für Jager und Jagdliebhaber, *Frankfurt, am Main*, in-4. d. rel. mar. gr. coins, n. rog.

Album des chiens employes à la chasse, 17 planches en couleurs.

159. **Muller** (Eug.). La forêt, son histoire. sa légende, sa vie, son rôle, ses habitants. *Paris, Ducrocq*, 1878, gr. in-8, d. rel. mar. lavall.coins, n. rog. Illustr. de Bodmer, Corot, Diaz, Giacomelli, Th. Rousseau, etc. Premier tirage.

160. **Nérée-Quepat**. Le chasseur d'Alouettes. *Paris, Goin*, in-12, d. rel. mar. br. coins, n. rog.

161. **Nodot**. La chasse en plaine, au bois, au marais, *Paris, Le Vasseur*, 1885, in-12, d, rel. mar. gr. coins, n. rog. fig.

162. **Notes** de chasse et de braconnage, région de l'Est, par un amateur. *Briey*, 1882, in-12, d. rel. mar. bl. coins, n. rog.

163. **Olina**. Uccelliera overo discorso della natura, e proprieta di diversi ucelli e in particulare di que che cantano, con il modo di prendergli conoscergli, allevargli, e mantenergli. E con le figure cavate dal vero e dilligentemente intagliate in rame dal Tempesta, e dal Villaneva. *In Roma*, appress *Andrea Fei*, 162. in-4, mar. viol. jans. tr. dor.

66 jolies gravures de Tempesta et de Villamena.

164. **Olivier**. Récits de chasse et d'histoire naturelle. *Lausanne*, 1875, in-12, d. rel. mar. br. n. rog. fig.

165. **Oppien**. Oppiani pœtæ Cilicis de Venatione libri V. Cum paraphrasi grœca librorum de Aucupio. Græce et latine. Curavit Gottlob Schneider. *Argentorati*, 1776, in-8, mar. br. jans. tr. dor.

166. **Passerat**. Le chien courant, poème. *Paris, Aubry*, 1864, pet. in-8. d. rel, mar. vert, coins, n. rog.

   Un des dix exempl. sur papier chamois.

167. **Passerat**. Le chien courant, poème, publié H. Chevreul. *Paris, Aubry*, 1865. in-8, mar. br. n. rog,

   Exemplaire sur peau de velin, orné dans les marges de 32 jolis dessins à la plume et à l'aquarellle par A. Robaudé,

168. **Perrault** (Ch.). La chasse. poème. *Paris, Aubry*, 1862, in-8, en feuille.

   Un des dix exemplaires sur papier de Chine.

169. **Perrault**. La chasse, poème, *Paris, Aubry*, 1862, in-8, mar. lavall. n. rog.

   Papier de Chine.

170. **Petit** (J.). Du tir du gibier. *Paris, Plon*, 1883, in-12, d. rel. mar. rouge, coins. n. rog.

171. **Petit** (Paul). Quelques additions à la bibliographie générale des ouvrages sur la chasse par Souhart. *Louviers*, 1888, gr. in-8, mar. rouge, n. rog.

172. **Pelet de Faveaux**. Le chasseur à la bécasse. *Paris, Goin*, in-12, mar. bl. n. rog. fig.

   Papier de Hollande.

173. **Pluvinel**. L'instruction du roy en l'exercice de monter à cheval, avec la traduction allemande. *Francfort, Kempffern*, 1628, pet. in-fol. march. 57 planches.

   Cette édition est la deuxième de l'ouvrage de Pluvinel, puisqu'elle est la réimpression de celle de 1625, que Brunet considère comme la première. Les figures ont été copiées sur celles de Crispin de Pas, par Mathieu Mérian, et elles ne sont pas moins belles que les originaux.

174. **Pœtæ latini** rei venaticæ scriptores et Bucolici antiqui. Gratii Faliscii atque Aurelii Olym-

pii Nemesiani Cynegeticon Halieuticon et de aucupio, cum notis Barthii, Johnson, etc. et observat. G. Lempheri. *Lugd. Batav.*, 1728, in-4, front. et vignettes, mar. br. fil. doublé de mar. bleu, dent. tr. dor.

Bel exemplaire.

175. **Pourquéry**. Le léporicide, poëme. *Paris, Dentu,* 1830, in-8, d. rel. mar. ol. coins, n. rog.

176. **Races canines** (Expositions des) du Jardin d'acclimation, de la Société centrale pour l'amélioration des races de chiens, etc. Années 1863. 1865, 1870, 1881, 1882, 1883, .885, 1886, 1887 et 1888. 18 vol. in-8 et in-4, d. rel. mar. coins, n. rog.

177. **Raimondi**. Le Caccie delle fiere armate, e disarmante, et de gl'animali quadrupedi, volatili e acquatici. *Bresciano Fontana,* 1621, pet. in-8, fig. sur bois, mar. viol. fil. tr. dor.

Bel exemplaire de la première édition.

178. **Réveilhac** (P.). Bécasse. *Evreux,* 1884, in-12, d. rel. mar. gr. coins, n. rog. fig.

179. **Révoil**. Bourres de fusil. Souvenirs de chasse. *Paris,* 1865, in-12, d. rel. mar. lavall. coins, n. rog.

180. **Révoil** (B.-H.). Chasses dans l'Amérique du Nord. *Paris, Hachette,* 1861, in-12, d. rel. mar. rouge, coins, n. rog.

Portrait et lettres autographes ajoutés.

181. **Révoil**. Chasses et pêches de l'autre monde. *Paris, Cadot,* 1856, in-18, d. rel. mar. r. coins, n. rog.

182. **Richard**. Etude du cheval de service et de guerre. *Paris, Hachette,* 1859, in-12, d. rel. mar. br. coins, n. rog.

183. **Robinson**. Gazette des Chasseurs, revue bimensuelle du sport. *Bruxelles,* 1861-1862, in-8, d. rel. mar. or. coins, n. rog.

184. **Robinson**. Le chien de chasse. *Bruxelles,* 1861, in-8, d. rel. mar. bl. coins, n. rog. fig.

185. **Ruses innocentes** (les), dans lesquelles se voit comment on prend les oyseaux passagers et les non passagers, et de plusieurs sortes de bêtes à quatre pieds. Avec les plus beaux secrets de la pêche dans les rivières et dans les estangs. Et un traité très utile pour la chasse, par F. F. F. R. D. D. (François Fortin, religieux de Grandmont) *Paris, Ch. de Sercy*, 1688, in-4, mar. bleu, jans. doublé de mar. citron, dent. tr. dor. planches.

> Edition rare, avec le Traité très utile de la Chasse, par de Strosse
> Très bel exemplaire.

186. **Saincte-Aulaire** (De). Bref discours sur la louange de la chasse. *Louviers*, 1888.

187. **Saint-Hubert** (la) ou quinze jours d'automne dans un vieux château de Bourgogne. *Paris*, 1827, in-18. fig. par H. Vernet, d. rel. mar. rouge, coins, n. rog.

188. **Saint-Hubert** (la) ou quinze jours d'automne dans un vieux château Bourgogne, par le marquis de Mac-Mahon. *Paris*, 1842, pet. in-4, d. rel. mar. lavall. coins, n. rog. Planches.

189. **Salnove** (R. de). La Vénerie royale divisée en quatre parties, qui contiennent la chasse du cerf, du lièvre, du chevreuil, du sanglier, du loup et du renard. Avec le dénombrement des forests et grands buissons de France, où se doivent placer les logemens, questes et relais, pour y chasser. *Paris, chez Ant. de Sommaville*, 1655, in-4, mar. olive, jans dent. inter. tr. dor. frontispice gravé. *(David.)*

> De la bibliothèque de Grandjean d'Alteville. Edition originale, bel
> exemplaire.

190. **Scandianese**. I quattro libri della Caccia. *In Vinegia, Giolito de Ferrari*, 1556, pet. in-4, parch.

> Figures sur bois.

191. **Sorel** (A.). Chasse à tir et à courre. Du droit de suite et de la propriété du gibier tué, blessé ou poursuivi. *Paris*, 1862, in-8, papier de Hollande, d. rel. mar. bl. coins, n. rog.

192. **Souquet**. Nouveau manuel des chasseurs. *Paris*, 1826, in-18, d. rel. mar. bl. coins, n. rog.

193. **Souhart**. Bibliographie générale des ouvrages sur la chasse, la vénerie et la fauconnerie. *Paris, Rouquette*, 1886, gr. in-8, mar. rouge, n. rog.

> Papier de Hollande.

194. **Stradan**. Venationes ferarum, avium, piscium. Pugnæ bestiariorum : et mutuæ bestiarum. Depictæ a J. Stradano editæ a P. Gallæo. Titre gravé et 184 planches in-fol. obl. en feuilles.

> Recueil complet de l'œuvre du célèbre peintre flamand Jean Stradan, gravé par Ph. Galle.

195. **Stradan**. Venationes, in-fol. obl. en feuilles. 96 planches.

196. **Struben**. Vindiciæ Juris venandi nobilitatis Germanicæ. Accessit collectio sententiarum, responsorum et resolutionum venatoriarum. *Hildesiæ*, 1739, in-4, cart.

197. **Theuriet** (A.). La vie rustique. Compositions et dessins de L. Lhermitte, gravures sur bois de Bellenger. *Paris, Launette*, 1888, in-4, br.

> Un des 25 exemplaires sur papier du Japon.

198. **Thier** (L. de). La chasse au coq de Bruyère. *Liège*, 1860, pet. in-12, d. rel. mar. coins, n. rog.

199. **Thou** (J.-A. de). Il falconiere, trasferito ed interpretato coll' uccellatura a vischio di P. A. Barge, di Bergantini. *Venezia*, 1735, in-4, parch.

> Belle édition ornée d'un frontisp., d'un portrait du cardinal de Beauvau, et de 4 jolies vignettes têtes de chapitres.

200. **Touchard**. Guide pour élever les faisans, colins, perdrix, cailles, paons, canards et cygnes. *Paris, Goin*, in-18, d. rel. mar. bl. coins, n. rog. fig.

201. **Tourguéneff**. Mémoires d'un seigneur russe. *Paris, Hachette*, 1885, 2 vol. in-12, d.-rel. mar. br., coins, n. rog.

202. **Ulitius**. Venatio novantiqua. *Ex-officina Elzeviriana*, 1645, pet. in-12, front. v. fauve, tr. dor.

203. **Valvasone**. Della caccia, poema, con gli argomenti del sig. Domenico de gli Alessandri. *Bergamo, Comity Ventura*, 1591, in-8, d.-rel., figures sur bois.

204. **Varenne de Fenille**. De la chasse à la bécasse à tir et au chien d'arrêt tel qu'on la pratique dans les départements de l'Ain et du Jura. *Bourg*, 1869, pet. in-8, fig. d.-rel. mar. lavall. coins n. rog.

205. **Vaubicourt** (A. de). Mémoires d'un chasseur de renards. *Paris, Dentu*, 1863, in-12, d.-rel. mar. bl. coins, n. rog.

206. **Verhaegen**. Recherches histor. sur le droit de chasse. *Bruxelles*, 1873, in-12, d.-rel. mar. gr. coins, n. rog.

207. **Viardot**. Souvenirs de chasse. *Paris, Hachette*, 1853, 2 vol. in-12, d.-rel. mar. vert, coins n. rog.

208. **Vyner** (Robert T.). Notitia venatica : a treatise on Foxhunting. Embracing the general management of hounds and the diseases of dogs. *London, Camden Hotten*, gr. in-8, d.-rel. mar. br. coins, n rog, planches en couleurs.

209. **Yauville** (D'). Traité de Vénerie. *Paris, Imp. Roy.*, 1788, in-4, mar. br. fil. dent. intér. tr. dor. étui, planches.

Bel exemplaire relié sur brochure.

LITTÉRATURE & HISTOIRE

210. **Adeline**. Lexique des termes d'art. *Paris, Quantin*, in-8, d.-rel. mar. coins, n. rog. fig.

211. **Anthologie** satyrique. Répertoire des meilleures poésies et chansons joyeuses parues en français depuis Clément Marot. *Luxembourg*, 1878, 8 vol. in-12, br. papier vergé.

212. **Aretino** (P.). Dialogues entièrement et littéralement traduits pour la première fois. *Paris, Liseux*, 1879, 6 vol. pet. in-12, br.

213. **Babelon**. Archéologie orientale. *Paris, Quantin*, in-8, d.-rel. mar. c. rog. fig.

214 **Barbey d'Aurevilly.** Les diaboliques. *Paris, Lemerre*, 1882, pet. in-12, d.-rel. mar. br. coins n. rog.

215. **Barbey d'Aurevilly**. Œuvres. *Paris, Lemerre*, 1884-89, 9 vol. pet. in-12, br.

216. **Batacchi**. Nouvelles, trad. en franç. *Paris, Liseux*, 1880, 2 vol. pet. in-8, br.

217. **Bayet**. L'art byzantin. *Paris, Quantin*, in-8 d.-rel. mar. coins, n. rog. fig.

218. **Bayet**. Précis de l'histoire de l'art. *Paris, Quantin*, in-8, d.-rel. mar. coins, n. rog.

219. **Bibliographie** des ouvrages relatifs à l'amour, aux femmes et au mariage, par M. le C. d'I... *Turin, Gay*, 1871, 6 vol. in-12, d.-rel. mar. r.

220. **Blondeau** (N.-C.). Dictionnaire érotique latin-français. *Paris, Liseux*, 1885, in-8, pap. vergé, br.

221. **Bonneau** (A.). Curiosa. Essais critiques de littérature ancienne, ignorée ou mal connue. *Paris, Liseux*, 1887, in-8 br.

222. **Bonnetain** (P.). L'Extrême-Orient. *Paris, Quantin*, pet. in-4 mar. or. coins, n. rog. cartes et figures.

223. **Bouchot**. Le livre, l'illustration, la reliure. *Paris, Quantin*, in-8 d.-rel. mar. coins, n. rog. fig.

224. **Bouchot**. Les reliures d'art à la Bibliothèque nationale. *Paris, Rouveyre*, 1888, gr. in-8 mar. gr. n. rog. planches.

225. **Bouinais et Paulus**. La Cochinchine contemporaine. *Paris*, 1884, in-8 d.-rel. mar. bl. coins, n. rog.

226. **Bouinais et Paulus**. L'Indo-Chine française contemporaine. *Paris, Challamel*, 1885, 2 vol. gr. in-8, d.-rel. mar. bl. coins, n. rog., cartes et fig.

227. **Brehm**. Merveilles de la nature. L'homme et les animaux. *Paris Baillière*, 4 vol. pet. in-4 d.-rel. mar. vert, coins, n. rog. fig.

228. **Brunet** (G.). Curiosités bibliographiques et artistiques. *Genève, Gay*, 1867, in-8 d.-rel. mar. coins, n. rog.

229. **Brunet** (G). Etudes sur la reliure des livres. *Bordeaux*, 1873, in-8 pap. vergé, d. rel. mar. br. coins n. rog.

230. **Brunet** (G.). Imprimeurs imaginaires et libraires supposés. *Paris Tross*, 1866, in-8 d.-rel. mar. br. coins, n. rog.

231. **Brunet** (G.). La Bibliomanie de 1878 à 1882. Bibliographie rétrospective des adjudications les plus remarquables. *Bruxelles, Gay*, 1878-82. 4 vol. in-12, d. rel. mar. rouge, coins, n. rog.

232. **Brunet** (G.). La papesse Jeanne, étude historique et littéraire. *Bruxelles, Gay*, 1880, in-12, d. rel. mar. rouge, coins, n. rog.

233. **Brunet** (G,). Les fous littéraires, *Bruxelles, Gay*, 1880, in-12, d. rel. mar. rouge, coins. n. rog.

234. **Brunet** (G.). Livres payés en vente publique

1,000 fr. et au-dessus. *Bordeaux*, 1877, in-8, d. rel. mar. br. coins, n. rog.

235. **Brunet** (G.). Livres perdus. Essai bibliogr, sur les livres devenus introuvables. *Bruxelles, Gay*, 1882, in-12, d. rel. mar. lavall. coins n. rog,

236. **Brunet**. Manuel du libraire et de l'amateur de livres. *Paris, Didot*, 1860, 6 tomes en 12 vol* — Supplément, par P. Deschamps et G. Brunet. 1880. 2 vol. Ens. 14 vol. gr. in-8. d. rel. mar. olive, coins, n. rog.

237. **Büchner**. L'homme selon la science. *Paris, Reinwald*, 1872, in-8, d. rel. mar. br. coins, n. rog.

238. **Caboche**. Les Mémoires et l'Histoire en France. *Paris, Charpentier*, 1863, 2 vol. in-8 d. r. mar. lavall. coins, n. rog.

239. **Caro** (Annibal). La chanson de la figue. Trad. en français. *Paris, Liseux*, 1886, in-8, papier vergé, br.

240. **Catalogue** de la bibliothèque de M. F. Solar. *Paris*, 1860, in-8, d. rel. chag.

241. **Catalogue** des livres précieux de la bibliothèque de M. L. Téchener, 1886; 2 vol. — Catalogue de la bibliothèque de M. A. Veinant, 1860, 1 vol. ens. 3 vol. in-8, d. rel. mar. coins, n. rog.

242. **Catalogue** des livres rares et précieux de la biblioth. de M. le baron de La Roche-Lacarelle. *Paris*, 1888, in-8, d. rel. mar. ol. coins, n. rog. portr. Prix manuscrits.

243. **Champeaux** (A. de). Le meuble. *Paris, Quantin*, 2 vol. in-8, d. rel. mar. coins, n. rog. fig.

244. **Champier**. Les grans croniques des gestes et vertueuz faictz des trés excellens catholicques illustres et victorieux Ducz et princes des pays de Savoye et Piemôt. Et tât en la sainte terre de Jherusalem côme es lieux de Sirie, Turquie, Egipte, Cypre, Italie, Suisse, Dauphiné et autres plusieurs pays. Ensemble les genealogies et antiquitez de Gaulle et des tres chrestiens magnani-

mes et tres redoubtez roys de France avecqs aussi la genealogie et oregene des dessus ducz et princes de Savoye nouvellemet imprimées à Paris pour Jehan de la Garde: Champier. *A la fin* : Et imprimées à Paris l'an mil cinq cens et seize... pour Jehan de la Garde, in-4, goth. à 2 col. figures sur bois, maroquin bleu, jans. dent. inter. tr. dor. (Trautz-Bauzonnet).

Très bel exemplaire. Hauteur 260 mill.

245. **Chants populaires** de la Basse-Bretagne, traduits par Luzel, 1868. *Lorient*, 1868, 2 vol in-8, d rel. mar. or. coins, n. rog.

246. **Chesneau**. La peinture anglaise. *Paris, Quantin*, in-8, d. rel. mar. coins, n. rog.

247. **Chorier**. Les dialogues de Luisa Sigea sur les arcanes de l'amour et de Vénus, texte latin et traduction littérale. *Paris, Liseux*, 1882, 4 vol. in-8, br. (Imprimé à cent exemplaires).

248. **Collignon**. Manuel d'archéologie grecque. *Paris, Quantin*, in-8, d. rel. mar. coins, n. rog. fig.

249. **Collignon**. Mythologie figurée de la Grèce. *Paris, Quantin*, in-8, d. rel. mar. coins, n. rog. fig.

250. **Correspondance** littéraire inédite de L. Racine avec René Chevaye, de Nantes. *Nantes*, 1858, in-8, d. rel. mar. rouge, coins, n. rog.

251. **Corroyer**. L'architecture romane. *Paris, Quantin*, in-8, d. rel. mar. coins, n. rog. fig.

252. **Crebillon fils**. La nuit et le moment. Le hasard du coin du feu. — Le petit neveu de Grécourt. *Paris, Liseux*, 1883, ens. 3 vol. in-18, br.

253. **Deck**. La Faïence. *Paris, Quantin*, in-8, d. rel. mar. coins, n. rog. fig.

254. **Delaborde**. La gravure. *Paris, Quantin*, in-8, mar. coins, n. rog. fig.

255. **Delicado**. La Lezana andalouza, trad. avec texte espagnol en regard par A. Bonneau, *Paris, Liseux*, 1888, in-8, pap. vergé, br.

256. **Delvau** (A.). Dictionnaire érotique moderne. *Bâle, Schmidt,* pet. in-8, br. papier vergé front.

257. **Delvau** (A.). Mémoires d'une biche anglaise, 1864. — Une autre biche anglaise. 1865. — Mémoires d'une biche russe, 1866. *Paris, Faure,* 3 vol. in-12. d. rel. mar. rouge, tête dorée. n. rog. Photographies.

258. **Derome**. La reliure de luxe. Le livre et l'amateur. *Paris. Rouveyre,* 1888, gr. in-8. mar. gren. n. rog. Planches en couleurs.
     Papier du Japon.

259. **Dessaix et X. Eyma**. Nice et Savoie. Sites pittoresques, monuments, description et histoire. *Nantes. Charpentier,* 3 vol. in-fol. d. rel, chag. Planches lithographiées.

260. **Divizio de Bibiena**. La Calandra, comédie, trad. par Bonneau. *Paris, Liseux,* 1887, in-12, br.

261. **D'Orbigny**. Dictionnaire universel d'histoire naturelle. *Paris,* 1857, 13 volumes de texte et 3 vol. de planches coloriées. Ens. 16 vol. in-8 d.-rel. mar. br. coins, n. rog. bel exemplaire.

262. **Dufour** (P.). Histoire de la prostitution chez tous les peuples du monde. *Paris,* 1851, 6 vol. in-8 d. rel. v. fauve, fig.

263. **Dugast-Matifeux**. Une fête à Nantes au XVIe siècle. Jean Bouchet. Extrait, in-8 d.-rel. mar. br. coins.

264. **Dulaure**. Des divinités génératrices. *Paris, Belin,* 1885, in-8, br.

265. **Dumas**. Catalogues illustrés des salons de 1879 à 1885. *Paris, Launette,* 16 vol. in-8, cart. n. rog.

266. **Garguille**. Les chansons de Gaultier Garguille. Nouvelle édition suivant la copie imprimée à Paris en 1731. *Londres,* 1858. in-12, fig. mar. rouge, fil. dent. inter. tr. dor. (Bauzonnet Trautz).
     Exemplaire de MM. L. Double et Lebeuf de Montgermont.

267. **Galeani Napione**. Storia metallica della real

casa di Savoia, 1828, in-fol. cart. n. rog. 27 planches.

268. **Gautier** (Judith). Isoline. *Paris, Charavay*, 1882, in-8, papier de Hollande, d.-rel. mar. lavall. n. rog. Eaux-fortes par A. Constantin.

269. **Gerspach**. L'art de la verrerie. *Paris, Quantin*, in-8, d.-rel. mar. coins, n. rog. fig.

270. **Gerspach.** La mosaïque. *Paris, Quantin*, in-8 d.-rel. mar. coins, n. rog. fig.

271. **Gonse**. L'art japonais. *Paris, Quantin*, in-8 d.-rel. mar. coins, n. rog. fig.

272. **Guichenon**. (Samuel). Histoire généalogique de la Royale maison de Savoie justifiée par titres, fondation de monastères, manuscrits, anciens monumens, histoires et autres preuves authentiques. *Turin, Briolo*, 1778, 2 vol. in-fol. v. fauve, planches.

273. **Hancarville** (Hugues d'). Monumens de la vie privée des douze Césars d'après une suite de pierres gravées sous leur règne, 1786. Monumens du culte secret des Dames romaines, 1790, 2 vol. in-4, v. marbr. tr. dor. 100 planches.

274. **Havard**. Histoire de la peinture hollandaise. *Paris, Quantin*, in-8, d.-rel. mar. coins, n. rog. fig.

275. **Héliogabale,** ou esquisse morale de la dissolution romaine sous les Empereurs. *Paris*, 1802, in-8, d.-rel. mar. rouge, coins, tête dorée, n. rog. fig.

276. **Hugo** (V.). Torquemada, drame. *Paris, Lévy*, 1882, in-8, d.-rel. mar. rouge, coins, n. rog.

277. **Jardin parfumé** (Le) du cheikh Nefzaoui. *Paris, Liseux*, 1886, gr. in-8, br. pap. vergé.

278. **Kalyana Malla**. Ananga-Ranga. Traité hindou de l'amour conjugal, trad. en français. *Paris, Liseux*, 1886, in-8 br.

279. **Kama Sutra** (Les) de Vatsyayana. Manuel d'érotolopie hindoue. *Paris, Liseux*, 1885, gr. in-8, br.

Exemplaire orné dans les marges de 95 dessins à l'aquarelle.

280. **La Fontaine**. Contes et nouvelles en vers. *Paris, Barraud*, 1874, 2 vol. in-8, papier vergé, br. fig. d'Eisen.

281. **La Fontaine**. Contes. Suite de 80 vignettes d'après Duplessis-Bertaux et autres. Epreuves sur grand papier du Japon, in-4 en feuilles.

282. **La Fontaine**. Contes. Suite des six estampes dessinées et gravées au trait par Ramberg. *Paris, Lemonnyer*, 1884, in-4, en feuilles.

    Papier du Japon.

283. **La Fontaine**. Contes. Suite des 85 gravures d'Eisen, collection des Fermiers - Généraux. *Paris, Lemonnyer*, 1884, in-4, en portef.

    Grand papier du Japon.

284. **La Fontaine**. Contes. Suite d'estampes d'après Lancret, Pater, Eisen, Boucher, etc., gravées au burin par Depollier. *Paris, Lemonnyer*, 1885, in-4, en portef., 40 planches.

    Epreuves avant la lettre sur papier du Japon.

285. **Lafenestre**. La peinture italienne. *Paris, Quantin*, in-8, d.-rel. mar. coins, n. rog., fig. (tome Ier).

286. **Laloux**. L'architecture grecque. *Paris, Quantin*, in-8, d.-rel. mar. coins, n. rog. fig.

287. **Lavoix**. Histoire de la musique. *Paris, Quantin*, in-8, d.-rel. mar. bl. coins, n. rog. fig.

288. **Lecoy de La Marche**. Les manuscrits et la miniature. *Paris, Quantin*, in-8, d. rel. mar. coins, n. rog. fig.

289. **Lefébure**. Broderie et dentelles. *Paris, Quantin*, in-8, d.-rel. mar. coins, n. rog. fig.

290. **Lenglet du Fresnoy**. Les princesses mala-bares, ou le célibat philosophique. *Andrinople, chez Thomas Franco (Paris)*, 1734, in-12, mar. olive, fil. tr. dor. (David).

    Ouvrage condamné et brûlé par arrêt du Parlement de Paris.

291. **Lenormant**. Monnaies et médailles. *Paris, Quantin*, in-8, d. rel. mar. coins, n. rog. fig.

292. **Lostalot** (A de). Les procédés de la gravure.

Paris, Quantin, in-8, d. rel. mar. coins, n. rog.
fig.

293. **Loti** (Pierre). Madame Chrysanthême. *Paris,
Calmann Lévy*. 1888, in-8, d. rel. mar. br. coins,
n. rog. rel. sur. broch. Illustr. de Rossi et Myr-
bach.

294. **Louvet de Couvray**. Amours du chevalier de
Faublas. *Paris*, 1884, 4 vol. in-18, br. fig.
Papier du Japon.

295. **Louvet de Couvray**. Les aventures de Faublas. *Bruxelles, Roẑeẑ*, 1869, 4 vol. in-12, br. fig.

296. **Lachaire**. Histoire des institutions monar-
chiques sous les premiers Capétiens. *Paris,
Impr. Nat.* 1883, 2 vol. in-8, d. rel. mar. rouge,
coins, n. rog.

297. **Lucrèce**. De la nature des choses, trad. en
vers français, par A. Lefèvre. *Paris*, 1876, in-8,
d. rel. mar. bl. coins, n. rog.

298. **Maîtres modernes**. Adolphe Menzel, étude
par F.-G. Dumas. *Paris, Baschet*, in-fol. cart. n.
roh. Planches.

299. **Maîtres modernes**. Bastien-Lepage, sa vie et
ses œuvres, par L. de Fourcaud. *Paris, Baschet*,
in-fol. cart. n. rog. Planches.

300. **Maîtres modernes**. Eugène Delacroix à l'E-
cole des beaux-arts, étude par Marius Vachon.
Paris, Baschet. in-fol. cart. n. rog. planches.

301. **Maîtres modernes**. Le Salon de 1885, étude
par O. Mirbeau. *Paris, Baschet*, in-fol. cart. n.
rog. planches.

302. **Maîtres modernes**. Théodule Ribot, sa vie
et ses œuvres, par L. de Fourcaud. *Paris, Baschet,* in-fol. cart. n. rog. planches.

303. **Marguerite de Navarre**. L'Heptaméron, *Paris, Liseux*, 1879. 3 vol. pet. in-12, br.

304. **Marguerite de Navarre**. L'Heptaméron des
nouvelles, publié par Le Roux de Lincy et A. de
Montaiglon. *Paris, Eudes*, 1880, 4 vol. in-8, br.
fig. de Freudeberg.

305. **Martha**. Archéologie étrusque et romaine. *Paris, Quantin*, in-8, d. rel. mar. coins, n. rog. fig.

306. **Maspéro**. L'archéologie égyptienne. *Paris, Quantin*, in-8, d. rel. mar. rouge, coins, n. rog. fig.

307. **Mathias Duval**. Précis d'anatomie à l'usage des artistes. *Paris, Quantin*, in-8, d. rel. mar. bl. coins, n. rog. fig.

308. **Maupas**. Mémoires sur le Second Empire. *Paris, Dentu*, 1885, 2 vol. in-8, d. rel. mar. br. coins, n. rog.

309. **Mayeux**. La composition décorative. *Paris, Quantin*, in-8, d. rel. mar. coins, n. rog. fig.

310. **Mérard de Saint-Just.** Œuvres de la marquise de Palmarèze. *Rotterdam*, 2 vol. in-12, br. front.

311. **Mercier de Compiègne**. Eloge du sein des femmes. *Paris, Barraud,* 1873, in-8, d. rel. mar. bl. coins, tête dorée, n. rog.

312. **Michelet**. Procès des Templiers. *Paris, Imp. Roy.*, 1841. 2 vol. in-4, d. rel. mar. rouge.

313. **Mirabeau**. Erotika Biblion. *Bruxelles, Gay*, 1881. — Pornophile, contes saugrenus. *Jersey*, 1885, ens. 2 vol. in-12, br.

314. **Monnier**. (H.). Galerie d'originaux. — Croquis à la plume. — Les petites gens. *Paris et Bruxelles*, 1857-58, 3 vol. pet. in-18, d. rel, mar. coins, tête dorée, n. rog.

315. **Monnier** (H.). Les bas-fonds de la Société. *Paris, Claye*, s. d., gr. in-8, mar. rouge, fil. dent. inter. tr. dor. (*Smeers*.)
Frontispice à l'eau-forte par Rops.

316. **Müntz**. La tapisserie. *Paris, Quantin*, in-8, d. rel. mar. coins, n. rog. fig.

317. **Nicolas** (A.). Etudes philosophiques sur le christianisme. *Paris*, 1846, 4 vol. in-8, d. rel. mar. vert, coins, n. rog.

318. **Nordenskiold**. Voyage de *la Véga* autour de

l'Asie et de l'Europe, trad. du suédois par Rabot et Lallemand. *Paris, Hachette,* 1883, 2 vol. gr. in-8, dem. rel. mar. vert, coins, n. rog. portr. fig. et cartes.

319. **Osmond** (comte d'). Dans la montagne. Le Tyrol autrichien. *Paris,* 1878, in-12, d. rel. mar. gr. coins, n. rog.

320. **Pacifico Massimi**. Hecatelegium ou les cent élégies satiriques et gaillardes, trad. en français. *Paris, Liseux,* 1885, gr. in-8, papier vergé, br.

321. **Paléologue**. L'art chinois. *Paris, Quantin,* in-8, d. rel. mar. coins, n. rog. fig.

322. **Paradin** (Cl.) Alliances généalogiques des rois et princes de Gaule. *Genève, Jacob Stoër,* 1636. in-fol., parch. Blasons.

323. **Paradin** (Guill.). Doyen de Beaujeu. Chronique de Savoye, revue et nouvellement augmentée. *A Lyon, par Jean de Tournes,* 1561, in-fol v. fau. titres et blasons gravés sur bois.
   Mouillures d'eau.

324. **Parny**. Œuvres complètes. *Bruxelles, Wohlen,* 1824, 2 vol. in-8, d. rel. mar. bl. n. rog.

325. **Peignot** (G.). La vraie ambassade des Bartavelles du Dauphiné. *Dijon,* 1865, in-8, d. rel. mar. lavall. coins n. rog.

326. **Pelletier**. Les verriers dans le Lyonnais et le Forez. *Paris,* 1887, in-8, portr. d. rel. mar. gr. coins, n. rog.

327. **Perrin** (A.). Etude préhistorique sur la Savoie, spécialement à l'époque lacustre. *Chambéry,* 1870, in-4, d. rel. mar. coins, n. rog. 20 planches.

328. **Piccolomini**. La Raffaella, dialogue de la gentille éducation des femmes, trad. par Bonneau. *Paris, Liseux,* 1884. in-12, br.

329. **Poulet-Malasis**. Les ex-libris français. *Paris, Rouquette,* 1875, gr. in-8, d. rel. mar. rouge, coins, n. rog. Planches.
   Un des 12 exemplaires sur papier de Chine.

330. **Quérard et Barbier**. Les supercheries littéraires dévoilées et dictionnaire des ouvrages anonymes. *Paris*, *Daffis*, 1875, 7 vol. in-8, d. rel. chag. rouge. coins, tête dorée. n. rog.

331 **Quérard**. Livres perdus et exemplaires uniques. *Bordeaux*, 1872, in-8, d. rel. mar. br. coins. n. rog.

332. **Rabut**. Habitations lacustres de la Savoie. *Chambéry*, *Paris*, 1864-67, 2 vol. in-4, d. rel. mar. br. coins, n. rog. 33 planches.

333. **Revue critique** d'histoire et de littérature, publiée par P. Meyer, Morel, G. Paris, etc. *Paris*, *Franck*. 1re année, 1866 à 1870, 1876 et 1877, 13 vol. in-8, d. rel. chag.

334. **Roches** (L.).. Trente-deux ans à travers l'Islam. *Paris*, *Didot*, 1884, 2 vol. in-8, d. rel. mar. lavall. n. rog. fig

335. **Sade** (le mis de). Justine ou les malheurs de la vertu. *Paris*, *Liseux*, 1884, gr in-18, papier vergé, br. front.

336. **Sanderval** (le Vte de). De l'Atlantique au Niger par le Foutah-Djallon. *Paris*, 1882, gr. in-8, d.-rel. mar. lavall., coins, n. rog. fig.

337. **Sinistrari**. De la démonialité. *Paris*, *Liseux*, 1875, in-8, br.

338. **Sonnets** (Les). du Docteur. *Paris*, 1888, in-8, d.-rel. mar. coins, n. rog. Eaux-fortes sur Japon.

339. **Tagereau**. Discours sur l'impuissance de l'homme et de la femme. *Paris*, *Liseux*, 1887, in-12, br.

340. **Tchihtachef** (P. de). Espagne, Algérie et Tunisie. *Paris*, *Baillière*, 1880, gr. in-8, d.-rel. mar. rouge, coins, n. rog. carte.

341. **Tcherpakoff**. Les fous littéraires, rectifications et additions à l'ouvrage de Philomneste Junior. *Moscou*, 1883, in-12, d.-rel. mar. v. coins, n. rog.

342. **Théâtre** des Etats de Savoye et du Piémont (trad. du latin de J. Blaeu par Jacques Bernard).

La Haye Moetjens, 1700, 2 vol. gr. in-fol, v. marb.

Bel exemplaire. Bonnes épreuves des planches.

343. **Traité** des trois Imposteurs, traduit pour la première fois en français par G. Brunet. *Bruxelles*, 1867, in-12, d.-rel. mar. rouge, coins, n. rog.

344. **Triumphe** (Le) de Dame Vérolle et le pourpoint fermant à boutons. *Paris, Willem*, 1874, in-8, br. fig.

345. **Uchard** (Mario). Mon oncle Barbassou. *Paris, Lemonnyer*, 1884, gr. in-8, mar. brun, n. rog. rel. sur broch.

Exemplaire sur papier du Japon avec les eaux-fortes pures des 40 compositions de P. Avril, et une suite des eaux-fortes terminées, tirées à part.

346. **Vasili** (le comte P.). La société de Vienne et de Berlin. *Paris*, 1885, 2 vol. in-8, d. rel. mar. rouge, n. rog.

347. **Vilmorin-Andrieux**. Les meilleurs blés. Description et culture des principales variétés de froments. *Paris, Vilmorin-Andrieux*, s. d. in-4, d. rel. mar. bl. coins, n. rog. Planches en couleurs.

348. **Wauters**. La peinture flamande. *Paris, Quantin*, in-8, d. rel. mar. coins, n. rog. kg.

349. **Wey** (Francis). La Haute-Savoie, récits de voyage et d'histoire. *Genêve, Terry*. 1866. gr. in-fol. cart n. rog. 50 lithographies dessinées par A. Terry.

350. **Évangiles** (les) des dimanches et fêtes de l'année, suivis de prières à la Sainte-Vierge et aux Saints. Texte revu par l'abbé Delaunay. *Paris, Curmer*, 3 vol. pet. in-4. reliure pleine en maroquin brun, fers à froid, dent. intér. tr. dor. monté sur onglets étuis. (*A. Petit.*)

Belle publication reproduisant en fac-simile les plus beaux spécimens de l'art des miniaturistes depuis le XIIIe siècle jusqu'au XVIe. Toutes les pages du texte sont enrichies de bordures en or et en couleurs qui forment une sorte d'encyclopédie de l'ornement au moyenâge et pendant la Renaissance.

351. **Imitation de Jésus-Christ** (l'). Notices par J.

Janin et l'abbé Delaunay. Histoire de l'ornementation des manuscrits par F. Denis. *Paris, Curmer*, 1858, 2 vol. pet. in-4, reliure pleine en maroquin brun, ornements en mosaïque, dent.
inter. tr. dor. montés sur onglets, étuis. (*A.
Petit.*)

Reproduction en or et couleurs de miniatures et d'ornements copiés en fac-simile sur les plus beaux manuscrits depuis le VIe jusqu'au XVe siècle.

352. Œuvre de Jehan Fouquet. Heures, de maistre Estienne Chevalier. *Paris, Curmer,* 2 vol.
pet. in-4, reliure pleine en maroquin brun, fers
à froid, tr. dor. montés sur onglets, étuis. (*A.
Petit.*).

Reproduction fac-simile des miniatures ayant appartenu à MM.
Brentano, Feuillet de Conches et A.-F. Didot, avec un texte composé
de l'office de la Vierge, l'office de la Passion, prières aux Saints et
Saintes, lectures et méditations, restituée par M. l'abbé Delaunay. En
dehors des peintures de Fouquet, ce beau livre est enrichi à toutes
les pages de bordures remarquables par l'élégance du style et l'éclat
de l'ornementation.

353. Livre d'heures de la reine Anne de Bretagne, reproduit d'après l'original, avec une traduction en français, par l'abbé Delaunay. *Paris,
Curmer.* 1861, 2 vol. in-4, reliure pleine en maquin brun, fil. dent. inter. tr. dor. étui, monté
sur onglets. (*A. Petit.*)

Magnifique publication contenant 50 grandes miniatures et 345
pages de texte accompagnées de bordures de fleurs et de fruits. Bel
exemplaire.

354. Nodier (Ch.). Journal de l'Expédition des
portes de fer. *Paris, Imp. Roy.*, 1844, gr. in-8,
cart. n. rog. 200 vignettes gravées sur bois
d'après Raffet.

Ouvrage splendidement exécuté pour la famille d'Orléans et non
mis dans le commerce.

355. Racinet. Le costume historique. Types principaux du vêtement et de la parure rapprochés
de ceux de l'intérieur de l'habitation dans tous
les temps et chez tous les peuples, avec de nombreux détails sur le mobilier, les armes, les
objets usuels, etc. *Paris, Firmin-Didot*, 1888,

1 vol. de texte et 5 vol. de planches. Ens. 6 vol.
in-fol. d.-rel. maroq. lavall. tête dorée, n. rog.
500 planches en couleurs.

Bel exemplaire monté sur onglets.

356. **Accolas**. Manuel de droit civil, 1870-75, 4 vol.
in-8, d.-rel.

357. **Demolombe**. Traité des successions. *Durand*,
1870, 5 vol. in-8, d.-rel.

358. **France judiciaire**. (La) de l'origine 1877 à
1889, 25 vol. in-8, d.-rel. et liv.

359. **Journal** des tribunaux de commerce. 1881-89,
7 vol. in-8, d. rel. et rel. et livr.

360. **Larombière**. Théorie et pratique des obliga-
tions. 1857, 4 vol. in-8, d. rel. chag.

361. **Laurent**. Droit civil international. *Marescq*,
1880, 8 vol. in-8, d. rel.

362. **Revue**. de droit commercial, 1880 à 1889, 10
vol. in-8, d. rel. et livr.

363. **Rouben de Couder**. Dictionnaire de droit
commercial. *Marescq*, 1877, 6 vol, in-8, d. rel.

364. **Thering**. L'esprit du droit romain. *Marescq*,
1877, 4 vol. in-8, d. rel.

365. Sous ce numéro il sera vendu par lots 250 volumes in-12, bien reliés de romans modernes.

Imp. PAIRAULT et Cie, 3, passage Nollet, Paris.

RED. :

18